MI HIJA, MI HIJO
EL ÁGUILA, LA PALOMA

UN CANTO AZTECA

▲ ▲ ▲

▼ ▼ ▼

por **Ana Castillo**

ilustrado por **S. Guevara**

DUTTON BOOKS

NEW YORK

MI HIJA,

LA PALOMA

Mi hija,
preciosa
como un collar de oro,

preciosa
como una pluma de quetzal,

tú eres mi sangre,
mi imagen—

Ahora que has despertado:
y tienes la edad de razón.
¡Escucha!

Para que entiendas
los modos de este mundo.
¡Escucha!

Es importante
que sepas
cómo vivir,
cómo andar por tu camino.

Mira, mi hija querida,
mi palomita—

el camino no es
un poquito difícil,
es espantosamente difícil.

Ay, hija mía,
en este mundo de dolor
y tristeza

hay frío
y vientos violentos,

calores que nos cansan,
que nos traen hambre,
sed.

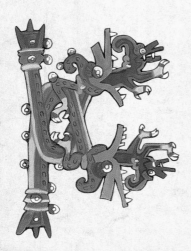

Los dioses nos han dado
la risa,
el sueño,
el comer,
el beber,

para que lo malo
no nos traiga tanta tristeza,
no siempre nos haga llorar.

Entiende, mi hija,
que eres de sangre noble
y generosa;

eres preciosa
como la esmeralda,

preciosa
como el zafiro.

Fuiste esculpida
de parientes,
pulida como el jade.

No te deshonres;
no te traigas vergüenzas,

ni a tus antepasados,
que fueron nobles y buenos.

Has dejado tus juguetes,
tus juegos de la niñez.

Entiendes ahora
que tienes la edad de razón.

No seas floja.
Levántate,
ponte a barrer—
¡Saluda a los dioses!

Vístete pronto,
lávate la cara,
las manos,
la boca.
Mantente limpia
siempre.

¡**E**scucha!
Mi hija querida,
paloma mía,
tan mía:

Aquí está tu madre,
de cuyo vientre viniste

como una piedra
cortada de otra,

que te dio la vida
como una planta le da
a otra la vida.

Tengo que enseñarte
lo que tienes que aprender

para vivir bien
como te toca.

Cuando nos hayamos ido
y tú estés por tu cuenta,
la gente murmurá
que hicimos bien contigo.

Cuando nos hayamos ido,
vivirás honradamente
entre la gente digna.

No te tocó
vender yerbas
en el mercado,
leña,
chile verde,
o salitre
en las esquinas.

¡Eres noble!
Mi hija,

anota bien y escucha
lo que te tengo que decir:

Cuando hables, habla
no muy recio
ni muy suave,

pero con palabras verdaderas
siempre.
Anda—

nunca con la cabeza baja,
ni tampoco con la cabeza
alzada mucho.

No le hagas caso al chisme.
Nunca repitas lo que se dice
en el camino.

Hija mía,
nuestros antepasados,
mujeres nobles,
las ancianas y las de pelo blanco,
nos dijeron estas pocas palabras:

¡Escucha!
¡Haz caso!

En este mundo vamos
por un camino angosto,

muy alto
y muy peligroso
allá abajo.

No te vayas vagando.
No te dejes
caer.

Mantente en tu camino.
Ay, mi hija,
querida tan tiernamente—

No escojas a tu pareja
como un elote,
sólo por su color dorado.

Escoge tu pareja con cuidado.
Tendrán que vivir juntos
todos sus días.

No disminuyas a tu pareja
si están pobres.

Ten fe en los dioses,
que son clementes.

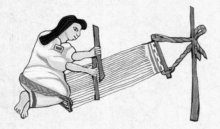

Ten habilidades,
entiende,

aprende lo que es tolteca,
lo que es noble.

Cuida con diligencia
curiosidad,
atención,

cómo tejer,
cómo poner los colores.

Mi hija,
mi paloma,

esto te lo he dicho
para que conozcas
tu valor.

Tu corazón es
un zafiro,
simple y limpio.

Escucha
y anota estas cosas.
Que sean tu luz,
tu antorcha,
lo que te guíe
a través de tus días
en esta tierra.

Y con esto mi deber está cumplido.

¡Que los dioses te den
una vida larga y feliz,
mi hija amada!

MI HIJO,

EL ÁGUILA, EL TIGRE

Mi hijo,
águila y tigre,
ala y cola.
Hijo mío,
tan querido,
tan amado—
¡escucha!

Está bien
que tengas cuidado
con las cosas de este mundo.

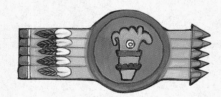

No vinieron
para ser codiciosos,
para ser inquietos.

A través de sus actos
se llegaron a conocer
como águilas,
como tigres.

¡Escucha!
¡Entiende!
Este es el lugar de desgracias.

Los viejos
de pelo blanco y caras arrugadas,

nuestros antepasados,
lo han dejado dicho
para nosotros:

¡Corta leña!
Siembra el maguey:
tendrás para tomar,
para comer,
y ropa para vestirte.

Serás verdadero.
Andarás por el camino
correcto.

Por este trabajo
te reconocerán
tus padres
y parientes.

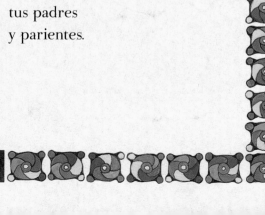

No te entregues
muy pronto
a una pareja—

aunque estés muy solo,
lleno de deseo—

hasta que estés grande
y hayas aprendido
a dar.

El maguey
no da nada
cuando aún está verde.

Cuando encuentres una pareja—
¿qué comerán, qué tomarán?
¿Chuparán el aire tal vez?

Tú eres el soporte.
Tienes que pararte derecho.

¡Eres el águila!
¡Eres el tigre!

Serás alabado
por tus actos.
No con envidia

ni con corazón roto
hablarás,
pero con honestidad.

Y con una canción buena,
por la cual estarás
estimado.

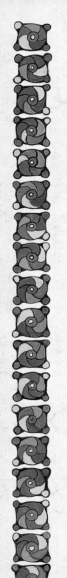

Escucha y pon atención:
mira con sabiduría,
con juicio bueno
a las cosas.

Aunque seas pobre,
aunque vengas de una madre y
de un padre
que fueron los más pobres de los pobres,
mantén tu corazón puro,
mantén tu corazón limpio y verdadero,
mantén tu corazón firme.

¡Sé alerto!
¡Sé rápido
en tu camino!

Sé calmado y honesto
en tu manera.

No te toca vagar
por los montes,
juntando yerbas
para comer,
leña
para vender.

Pórtate bien.

No seas el objeto
del desdén
y de la irrisión.

No desperdicies los días
y las noches
que los dioses te han dado.

No desperdicies tu cuerpo
con mala comida
y malos vicios,
una mala vida—

te morirás pronto,
¡un desperdicio!

Mi hijo
tan amado:
escucha estas palabras
y ponlas en tu corazón.

Nos las dejaron
nuestros antepasados,

los sabios viejos
y las sabias viejas
que vivieron aquí
en esta tierra.

Guarda estas palabras
como oro en un cofre.

Son como las esmeraldas,
el jade,
los zafiros,
resplandecientes y pulidas.

Son plumas de quetzal,
anchas y finas,
propias de la nobleza

de aquellos que viven bien
y son de buen corazón.

Que los dioses
de cerca y de lejos,
que saben todos los secretos
y ven todas las cosas,
te cuiden siempre.

Que tengas la bendición
de la paz.

Con esto mi deber se acaba,
mi más grande tesoro,
mi hijo amado.

NOTA DE LA AUTORA

Antes de la Conquista española, en la tierra de mis antepasados que ahora se conoce por México, se traspasaban generación a generación la antigua palabra o el huehuetlatolli. El huehuetlatolli era una charla que una madre, un padre, un anciano respetado del pueblo o un maestro de la escuela recitaba como un rito de pasaje. Estos ritos de pasaje se llevaban a cabo durante toda la vida de una persona desde el nacimiento hasta la muerte. La intención del huehuetlatolli era apoyar al individuo y enseñar y afirmar la significación de un evento y la responsabilidad que el individuo tenía en ese momento, como por ejemplo durante un parto, o cuando se iba a la guerra. O también, como es el caso de los extractos del huehuetlatolli que se presentan aquí, al alcanzar la mayoría de edad.

Mis antepasados, los mexica, conocidos por todo el mundo como los aztecas, no eran gente sencilla en el tiempo de la Conquista. La tradición oral ya no era la de ellos. En su vez, la sabiduría de sus antepasados, sobre todo de los toltecas, estaba escrita en amate, un papel que se hacía de la corteza de la higuera. Los mensajes estaban escritos en tinta negra y roja (colores que juntos significaban la sabiduría). De acuerdo con los frailes españoles, de quienes hemos obtenido nuestro entendimiento y principios de estas palabras, los mensajes de los huehuetlatolli eran efectivos y completos. El letrado historiador, fraile Bartolomé de las Casas, dijo del huehuetlatolli que no había aprendido mejores lecciones de Sócrates, de Platón, ni de Aristóteles. Los huehuetlatolli fueron traducidos (con la excepción de que los dioses aztecas, a quienes la palabra antigua rinde homenaje, fueron reemplazados por el Dios cristiano) con cierta lealtad al castellano por los frailes que estaban presentes en México, y por sus estudiantes, en el siglo dieciséis.

Se repetían los huehuetlatolli, como espejos metafóricos detenidos enfrente del individuo, hasta que las lecciones quedaran grabadas en su corazón y le pudieran servir como guía toda la vida. Los huehuetlatolli fueron preservados por siglos. Los tiempos cambiaban, pero no mucho. La gente cambiaba aun menos.

Las lecciones de estos extractos se pueden aplicar tanto a nuestros hijos ahora como a los niños indígenas de Mesoamérica cientos de años atrás. No hay moral ni valores nuevos para enseñar a los jóvenes. Sólo tenemos que recordar los básicos que siempre han mantenido unidas a las sociedades complejas. El principio más básico de todos es el respeto de sí mismos al igual que tener respeto por todas las cosas vivientes. Hay drogas ahora. Había drogas entonces y la tentación para abusarlas. Hay embarazos entre las adolescentes

ahora. Se les aconsejaba a las jóvenes de la sociedad azteca también que no se descuidaran de sus cuerpos y que no tuvieran relaciones sexuales antes de estar preparadas para ser madres. Había enfermedades inexplicables y guerras en el país igual como hay ahora en el mundo. Los jóvenes de entonces estaban tan inclinados a desobedecer a sus mayores como lo están ahora. Por eso era el deber no sólo de un adulto en la vida de un joven, pero el deber de todos los adultos de enseñar con amor, con cuidado, como también con el ejemplo y con la firme convicción en nuestras creencias.

Como madre y, en un tiempo, maestra, he encontrado los huehuetlatolli tan inmensamente conmovedores como inspiradores. Comparto aquí unas cuantas citas de las antiguas enseñanzas de mis ancestros con la esperanza de que ellas también te conmoverán a ti y a tus seres queridos.

Y con esto he cumplido mi misión.

¡Que tengan una vida larga y feliz!

Ana Castillo

NOTA DE LA ILUSTRADORA

El desafío que representaba para mí interpretar el cántico de Ana Castillo era crear una respuesta visual. Para inspirarme, me enfrasqué en una investigación sobre la vida cotidiana de los aztecas. Me enteré que los mexicas utilizaban extensas metáforas, tanto escritas como orales, para describir sus relaciones con el mundo y con sus dioses. No poseían un sistema de escritura en el sentido estricto del término. Más bien utilizaban glifos (símbolos, signos y figuras geométricas) para describir conceptos, personas y objetos. Las palabras eran imágenes y las imágenes eran palabras. Esta pictografía llenaba libros enteros de corteza o gamuza, que se doblaban como abanicos, conocidos como códices. Hoy en día quedan muy pocos.

Para los historiadores es muy difícil entender el significado exacto de estos glifos. Lo que *sí* se entiende es que los antiguos códices fueron escritos/dibujados con un estilo que movía a sus lectores a recordar lo que anteriormente era tan sólo una historia oral. La dirección en la que estaban mirando y la proporción de los glifos — incluso el grosor de la línea y del color con que se esbozaban — recreaban un paisaje visual de metáfora y significado para el narrador. Con la fascinación que caracteriza a los profanos, investigué y atribuí significados a ciertos glifos a medida que aparecían en el arte de los mexicas. Integré estos glifos a la historia contemporánea que pintaba en el papel de amate (corteza mexicana).

Ciñéndome al texto, dividí mi narrativa visual contemporánea en dos partes — la historia de la hija y la historia del hijo. En las imágenes de la hija, cuento la historia del nacimiento de una nena (una paloma) que crece fascinada con los libros. Más tarde se gradúa de pediatra. Se casa con un joven artista y profesor. Tienen un hijo. En las imágenes del hijo cuento la historia de un bebé (un águila) nacido en el seno de una familia de labriegos. Se siente artista desde pequeño. Se gradúa de la universidad y se casa con una joven pediatra. Les nace una nena (una paloma), y el ciclo familiar comienza de nuevo. Es una historia que se cuenta primero desde un punto de vista y luego desde el otro. De esta forma traté de unir el texto del muchacho y de la muchacha y destacar el círculo de la vida.

Adicionalmente, los glifos crean una historia metafórica. Al igual que en los códices post-hispánicos, coloqué los glifos con nombres encima de las cabezas de los portadores. Escogí un glifo estrella para el muchacho porque su arte es como si fuera una luz en el cielo nocturno. En la página 38, pinté un tigre sosteniendo un cielo rojinegro. En su profesión de profesor de arte, el hijo (quien es el "tigre" del cántico) le enseña a un alumno (otro tigre) a pintar. Le proporciona a su alumno las herramientas para ser un tigre sabio que pueda crear arte, que es como la luz en un cielo nocturno. El glifo mariposa para la muchacha simboliza su importancia y su relación con la tierra. En los códices, los abanicos que llevan los mensajeros significan una misión imperial y algunas veces es probable que tengan connotaciones curativas. En las imágenes visuales de la muchacha, el abanico representa su misión de brindar esperanza y cura, mientras que el abanico del muchacho representa su misión de artista en reflejar el mundo que le rodea. A continuación mis representaciones visuales de estos glifos:

Estrella (glifo nombre para el hijo)   *tigre*   *Mariposa (glifo nombre para la hija)*   *abanico*

Las imágenes planas de los glifos de las figuras tradicionales aztecas en el exterior de las pinturas en cortezas ilustran el cántico de una manera más directa. Fueron tomadas directamente de los *Codex Mendoza*, un recuento post-hispánico de la vida azteca a comienzos del siglo XVI. Las franjas rojas y azul oscuro que se encuentran a todo lo largo se refieren a la expresión azteca "la tinta roja, la tinta negra" que simboliza la sabiduría. Los glifos como signos del día (un círculo dentro de otro círculo) están conectados a estas franjas y aumentan de página en página para revelar el ciclo lunar y mostrar aproximadamente la duración del ciclo menstrual de la mujer. Se refieren a la fertilidad y a nuestra relación con la tierra.

Les aconsejo a todos aquéllos que estén interesados en saber más acerca de este maravilloso idioma de la pictografía que consulten los libros que se citan abajo para obtener una mayor comprensión de los antecedentes del enérgico cántico de la doctora Castillo y de mi representación visual del mismo.

The Essential Codex Mendoza. Frances F. Berdan y Patricia Rieff Anawalt, editores. Berkeley y Los Angeles: University of California Press, 1997.

The Codex Borgia. Gisele Díaz y Alan Rodgers, editores. Nueva York: Dover Publications, 1993.

The Aztecs. Richard F. Townsend. Londres: Thames and Hudson, 1992.

Painting the Conquest. Serge Guzinski; traducido por Deke Dusinberre. París: UNESCO, Flammarion, 1992.

No soy especialista en los antiguos escritos con glifos ni en su interpretación, pero espero que este libro te brindará a ti, el lector, algo evocador, poético y significativo. Te lo ofrezco como homenaje a *tus* águilas y palomas.

S. Guevara

A mijito, Marcel Ramón,
y a las siete generaciones futuras

A.C.

Para mi águila y mis palomitas,
Liam, Rebecca, Megan y Pamela

S.G.

FUENTES DE ORIGEN DE LOS CÁNTICOS

Historia general de las cosas de Nueva España, de Fray Bernardino de Sahagún, Editorial Nueva España, S.A., California 197, Churubusco, México, D.F., 1946. Selecciones del Libro XI, Capítulos 17, 20, 21

La filosofía náhuatl, de Miguel León-Portilla. Universidad Nacional Autónoma de México, Instituto de Investigaciones Históricas, México 20, D.F., 1974. Selecciones de fuentes náhuatl antiguas.

Huehuehtlatolli: Testimonios de la antigua palabra, de León-Portilla y Silvia Galeana. Secretaría de Educación Pública, Fondo de Cultura Económica, México, 1991.

Las figuras anatómicas usadas en conjunción con los bordes se modelaron de acuerdo con las figuras del *Codex Mendoza,* un recuento textual y pictórico elaborado después de la Conquista de la vida azteca durante el siglo dieciséis. Información adicional sobre este códice puede hallarse en The Essential *Codex Mendoza,* de Frances F. Berdan y Patricia Rieff Anawalt, compiladores. University of California Press, Berkeley/Los Angeles, 1997.

CIP Data disponible a solicitud del interesado.

Publicado en los Estados Unidos de América, 2000, por Dutton Children's Books,
una división de Penguin Putnam Books for Young Readers
345 Hudson Street, New York, New York 10014
http://www.penguinputnam.com/yreaders/index.htm

Diseño de Amy Berniker
Impreso en Hong Kong
Primera Edición
10 9 8 7 6 5 4 3 2
ISBN 0-525-45867-0